柳さえ子歌集

ゆだねる

青磁社

ゆだねる＊目次

いつも喜んでいなさい

絶えず祈りなさい

すべてのことについて感謝しなさい

第一テサロニケへの手紙
五章十六節～十八節

柳さえ子歌集

ゆ だ ね る

コロナ禍を詠む

武漢(ウーハン)で起こりしほころびつくろえず一気に
世界がほどけ続ける

当たり前が当たり前でなくなってモノトー
ンの「時」ゆっくり流れる

ニューヨークの看護師メールで訴える
「ここは戦場生還者なし」

魔のチョイス次々患者運ばれて人工呼吸器
誰につけるか

のどの奥の違和感痛みの続く日々悪しき
想像もわもわ広がる

朝一番体温血圧書き込みし空白多き今年の
手帳

さあ4月吊られし白きカレンダー桜の風に
ひらひら揺れる

入学式モノトーンの時流れゆく繋がる人の
名わからぬままに

校庭に孤高の桜は子らを待つ木下に写真を
撮る人もなく

新学期校長先生着任す子どもがいない桜は
葉桜

客のないラピート今日も定刻に通るよ桜の
花びら散らし

朝8時子らの声なき通学路オオイヌノフグリ誰も摘まない

せっせっせ鬼ごっこなどもうできぬ三密避けよの声広がりて

非常時も電車が普通に走ってる静まる街に日常の音

日本という大型客船方向の転換急げ　前に氷山

クレモナの塔よりヴィオロン「アヴェマリア」人気なき街に沁みわたりゆく

病院の屋上からのヴィオロンに医師看護師らの安らぐ顔は

ヴィオロンの聖地の塔にて「アヴェマリア」横山令奈は希望を弾きぬ

情報の渦にのまれて必要で正しき情報つかめぬままに

情報の足りぬ日本語教室の生徒に LINE すやさしい言葉で

携帯で讃美歌歌い祈りあいみ心たずねみ心に添う

家にこもる高齢の友に電話するおぼろ月夜の歌など歌いて

一生を 60 分にたとえればコロナで耐えるは 2、3 分ほどか

第二波が恐ろしいというこの闘い引き締め
た綱離さずに持つ

偶然に開けた聖書のみことばは今のこの世
を予言しており

災いを数々越えし日本よ誇りを力にワン
チームたれ

コロナとの闘い長期と構えるべし短距離走
の息ではもたぬ

外出を控えよと言う消防車ゆっくり走り幼
ら手を振る

自粛とは生ぬるき言葉子どもにも外国人に
も伝わらぬ言葉

世界から観光客が消え去りぬ思い出それぞれ心の奥に

若者よ世界は全て連鎖する　One for all
All for one

屋上でぐるぐる歩くを日課とす我が影隣家へガリバーとなる

今が時　世界の科学者一つとなり薬ワクチン喫緊の課題

夫見つけしIL6のメカニズム重篤治療に一筋の光

大縄に入るタイミングみきわめるリモート会議に発言するも

３人でビデオ会話を試みるタイムラグあり話ぶつかる

校庭に子の声ぶつかり舞いあがり街ほどけゆく百日を経て

日本中の祭りで使うエネルギー閉じ込められて猛暑の続く

マスクはずし東京大阪２時間半話して食べて隣席の人ら

駅弁は買って帰って食べるべし外で一切マスク外さず

三密を避けて川沿いのカフェテラスにマスクの若者列なして待つ

長年の基礎研究経てRNAワクチン完成
この時期にこそ

安全でよく効くワクチンありがたし　生き
残る道今はこれのみ

カップ持ち行ってきますと二階へ行くテレ
ワークの夫は普段着のまま

この冬の節分の鬼マスクつけ近づきもせず
すぐに退散

三密を避けてマスクと手洗いを、そればか
りにて迷路出られず

街頭にためらいがちな青年の手から思わず
もらったティッシュ

「日本の復興」

ゲートルの傷病兵の前にある箱に幼は硬貨を入れる

片足で松葉杖つきハモニカやアコーディオン弾き日がな立つ人

焦げ飯のおにぎり渡しに行きしこと戦後の空地に母子住みいし

終戦後15年経ても学校で「母子寮の子」と分けて呼んでた

母の日に白の子赤の子と配られたカーネーションのピン胸に刺す

子を乗せて姉さんかぶりの女たち「くずお
まへんか」とリヤカーを曳く

「いーかけー」と回って集めた鍋釜を路傍
にすわり直しゆく人

河内から西瓜や野菜を売りにくる大八車の
人の前傾

でんつくでん太鼓たたいて僧五人夜廻りの
ごと経唱えつつ

夜の町を一戸ずつ訪いし玄関に虚無僧の吹
く尺八さびし

かりんとうスイートポテトラスクなど母の
手作りみんな笑顔に

太鼓たたき小さな屋台を押しながら「わらびーもち」と売りにくる人

青のり粉きな粉黒ごままぶしたるわらび餅に子らうっとりとして

白地に赤「氷」と書かれた旗ゆれて赤や黄の蜜かき氷まぶし

スタンドの大きな自転車荷台にて氷の塊切られ配らる

のこぎりでシャカシャカ切れば飛ぶ氷我も我もと両手で受ける子

もみ殻から一個取りだし電球にかざして売ってた市場の玉子屋

カチカチと拍子木鳴らして紙芝居水あめ
ぽんせん買う子は前に

紙芝居の小遣いもらえぬ子どもたち電信柱
の蔭からそっと

傘もって駅まで父さんお迎えに駅員さんと
仲よしになる

ストライキに線路を歩き会社へと踏切遮断
機上がったまんま

夕暮れに相撲放送見上げてた住吉公園街頭
テレビ

厨より母の悲鳴す黄土色のハエトリ紙に髪
べったりと

夏の終わり畳を上げて干して叩く町内一斉
大そうじの日

校庭に大きな白幕かけられて夏の夜みんな
で映画会に行く

講堂に全校生徒で見た映画　望月優子の
母さんやさし

登校し「富士は日本一の山」歌う元旦饅頭
もらいて

抽斗に黒く塗られた葉書あり戦地の祖父よ
り届きしものか

アッツ島玉砕の後キスカより霧の中を撤退
せしと祖父

敗戦を覚悟せし祖父部下に言う「生きよ。
日本の復興のため」

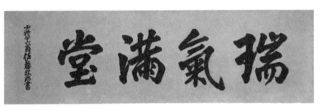

祖父米寿の時の書

父と母、姑

タクシーで老父母と桜めぐり「さくらさく
ら」と歌うたいつつ

老父母と久々ゆっくり散歩する二上の山に
夕日が落ちて

転ばぬかと不安だらけの母の手を取りて
「一、二、一、二」声かけ歩く

老い父が老人ホームを決断す「なんでなん
で」と繰り返す母

売却の決まりし実家の整理して40年の
思い出集める

19

断捨離と三度唱えて実家へと我捨てしもの
を母また戻す

丹精を込めし庭との別れなり庭の真中に父
立ちつくす

線路沿いに帰りゆく我を見送りてサヨナラ
代わりに手を打つ老い父

こうやって見送られるも最後なり道曲がる
まで手を叩きあう

明日入居たたみも散歩も最後なり父母と
一緒に「ふるさと」歌う

戸締りしいよいよ香芝も最後なり父神棚に
かしわ手を打つ

新婚より住吉区民の父と母転々引っ越しまた住吉に

スタッフに笑顔の多きホームにて慣れぬも安堵の日々を過ごせり

幼子の母待つごとく早くよりホーム玄関に我行くを待つ

「お正月」「シャボン玉の歌」「故郷」など３人で歌う老人ホームに

七五三、初詣の晴れ姿ひ孫の訪問嬉しき父母

母を詠む
入居して10日後に母は熱を出しそれから重く沈みゆく日々

腰痛を訴え続けて横になりホームに母は眠り姫となる

しんどいと母ケータイで言いくるも辛さよ去れと祈るほかなし

母哀れ痛さ辛さに耐えられず声荒げるを離れて見守る

手を合わせ「有難う」とお辞儀する母の手を取り「こちらこそ」という

新年のアメリカからの電話には声しっかりと「おめでとう」と母

繰り返し「やさしい夫で幸せな毎日だった」とみんなに言えり

声よき人笑顔よき人明るき人介護スタッフ
頼みの綱なり

昼夜と食べさせやればやっと口開けて三口
で首を振りたり

この母と別れる時が今に来る　何を話そう
聞きくれるうち

「腰痛い」「しんどい」「死にたい」ばかり
言う　聞くが辛くて1日休む

CDの「仰げば尊し」かけやればいい音楽
ねと母和らげり

「お母さん」何度でも呼ぼう今のうち　か
細き声でもまだ返事あり

さすらんと布団の中に手を入るれば母は骨
ばかり　足の裏もむ

聴力は正常保ちベッドにてすべての声音拾
いていら立つ

内裏雛飾るも夜は寂しかろぼんぼり持ち込
み部屋ほんのりと

水さえも飲めない母の口中は荒れて人工
唾液のスプレー

浄土真宗は死が近づくとお経をよんで浄土へ送る
危ないと駆けつければ父枕元で悲痛な顔で
お経あげおり

意識なき妻に突然口移しで自分のジュース
を一口ふくます

４日ぶり父に口づけでもらいたるジュースをこくんと母は飲みたり

祈られているうちこの世の息一つ最後に吸いて母は逝きたり

日曜の穏やかな冬の昼下がり母は家族に看取られて逝く

息のない母まだ頰は暖かく何度も頰ずりして医師を待つ

あと僅かと告知されてより２週間桜の花も見ずに母逝く

ふじ色の色無地着せて旅立ちの白装束の襟元華やぐ

皆寄りて棺の母を花で埋めカーネーションを顔のまわりに

ありがとうありがとう母さんありがとうよくがんばったねもう大丈夫

これでもう最後の最後の別れなり唇頬は硬く冷たし

泣く我にあめ玉一つ差し出して小学1年ほなみが寄り添う

葬儀終え帰宅せし頃ボストンより1日かけて娘帰国す

部屋に行きおばあちゃんいないと泣きじゃくる娘と一緒に声あげまた泣く

ホームゆえすぐ母の部屋片づける辛きこと
なれど人手あるうち

母のいたベッドに寝ころび見回せば楽しみ
少なき視界に涙す

カサブランカ胡蝶蘭の白やさしくて微笑む
母の遺影に映える

母のいた2月の暦破れずに私の部屋は2月
のまんま

わかるけど今言われたくないのです「親の
別れは誰にもあること」

亡き母の桜の服に袖通し母の好みし花吹雪
を行く

住吉にようこそと百舌鳥がひと啼きす父と
住吉神社に参れば

これまでの懸念の消えて老い父は新しき日
に期待を抱く

九十三歳の父を祝いて寿司屋にて娘と３人
盃かわす

歯ごたえのよきもの好む父なれば漬物サラ
ダをホームに差し入れ

ホームでも鏡の前で身を正し笑顔をつくる
父デパートマン

訪えばホームの父はベッドより少し手をあ
げ「おかえり」と言う

「ただいま」と言えばホームのこの部屋が
実家と思われ居心地よろし

「ありがとう」「助かるわあ」と父笑みて
ホームに通う我を動かす

母の死後味覚なくして好物も二口三口手を
つけるだけ

やっと春　車椅子の父を連れ出して「春が
きた」など歌いて散歩す

母の分も父に桜を見せたくてしだれ桜や
八重桜をも

すぐにまたちんちんと鳴る踏切を車椅子押
して渡る怖さよ

昼下がり散歩で見つけた喫茶店アイスクリームをゆっくり味わう

紅茶でも喫茶店ならゆったりと素敵なカップでおいしそうに父

「何回もホームによう来てくれたなあ」わが手をとりてしみじみと言う

ボストンの娘夫婦に懐妊の祝辞を電話で1週間前

我行けば悲痛な声で訴える父の深層かいま見えたり

1日を寝てばかりいて怖いとか悲しい思いに取り込まれている

全身の力衰え車椅子にすわるもずるずる滑
り落ちたる

ホーム出てあまりに月の美しく車椅子の父
呼びに戻れり

春の宵東の空の満月を2人で眺めた父逝く
4日前

1年半　月など見ることなき父はじっと見
上げて月に手合わす

杜若の花見せたくて3日前10分の散歩
最後となれり

祈りし後バイバイと言いて握手するそれが
日課のホーム通いに

「アーメン」と我言えば父も「アーメン」
と言いてそのあと「なむあみだぶつ」

「シャボン玉」「おぼろ月夜」など2人して
歌いて2日後父は逝きたり

「もうあかんお浄土近くなってきた」亡く
なる前日皆に言いたり

2回目の父のバイバイ背なに聞き振り返ら
ざるをしきりに悔ゆる

弟の「おやじ」と強く呼ぶ声に最後に目を
あけ瞼を閉じる

もうこれで来なくてもいいと目の前で
シャッター下ろして浄土に行きたり

突然にシャッター下ろされ父のそばに行け
なくなった私の狼狽

朝食にサラダを少し取り分けてホームに届
ける日課終われり

花咲けば見せてあげたし鳥啼けば聞かせて
あげたし父母亡きあとも

「シャボン玉とんだ」の父の愛唱歌ゴミ集
めの曲街に流れる

全面に我がサイドに立ち聞きくれし父母亡
くなれば胸の奥閉づ

よくぞまあ長生きをして62年守りくれし
ことありがたきかな

その通り　でも今言われたくはない「お母
さんの元に行ってよかったね」

神は常に最善のことを為すという友らの祈
り慰めとなる

1年前父と通いし喫茶店窓辺のあの席今日
も空いてる

車椅子の父と最後に見た桜をまわり道して
今年も見に行く

　　　　　<ruby>姑<rt>はは</rt></ruby>を詠む
8度目の年女なる<ruby>姑<rt>はは</rt></ruby>囲み子と孫ひ孫ら正月
写真

寝込まぬよう廊下を歩く 15 分 30 年も欠か
さず姑は

コツコツと杖つく音が耳にあり廊下の真ん
中へこみて光る

身をただし毎朝息子に「いってらっしゃ
い」 30年間日課となせり

好物のお寿司が最後の食事なり眠りのうち
に一人逝きたり

平常の続きに突然姑が逝く　時計の突然止
まるが如く

何事も人の手借りずなすことを喜びとした
姑の終わり方

寝込まずに自分のことができるうち九十七
歳自分で幕引く

１年で３人の親見送りぬ桜咲いたと教える
人なし

小さきこと話せる人のまた減りて庭の沈丁
花人知れず咲く

夫の歌

肺癌闘病記

九十歳の姑が柱の陰に立ち息子を見送る
入院の朝

術前の最悪ケースの説明に身体こわばり
息が吸えない

手術室に運ばるる夫見送りてドア閉まると
き投げキッスする

病室で娘と2人知らせ待つ予定すぎれば
だんだん無口に

長引けば一縷の望み消え失せて不安の塊
もわもわふくらむ

切り取りし臓器の一部見せられてホルマリン臭に打ちのめされる

看護師や医師に安堵し楽しげに話す夫はよき患者なり

しんどさが一人になるとどっと出て妻にぶつけて紛らわせる人

病室で日本茶入れて夫に出す日常ややに戻りつつあり

院内にスターバックスコーヒーの香り流れて日常へゆく

付き添いもしばし一人になりたくてスターバックス香りに安らぐ

８日間命つなぎしドレインが抜けて夫は
自由を味わう

自由の身の夫は試しに階段へ最初の一段鉛
のごとし

歩きながら食事しながら話すこと肺小さく
なりつらきものらし

夫の詠んだ歌

看護師のやさしきみ手にゆだねられ洗髪の
時赤子のごとし

看護師の優しき心わが傷の痛み消えゆく
湯煙のごと

夫の目の手術

夫の目の手術の朝に子と２人けっこう混み
合う６時の電車で

目に３つ針さし小さき穴をあけ網膜手術す
るとう医学

手術後を振動ゆえに歯磨きも禁じられし人
ゆっくりと食む

手術後にそっと洗髪洗顔をぴりぴりびくび
く夫は気遣う

さえ子の白内障の手術

ギラギラと光るライトを見つめよと体を硬
くす手術は10分

無理やりに右眼開けられ目張りされ微動だ
にせず一点見つむ

５分おき３種の目薬きっちりとさす我が
仕事術後を守る

クラフォード賞受賞

夜八時まだ日の高いパリを発ちストックホ
ルムへ機は西日浴び

ウェルカムと王と王妃の大パネルストック
ホルム空港ロビーに

日本にて「ローマの休日」のビデオ見て王
の前でのあいさつ稽古す

受賞者は上座に一列家族らは下座に王の
来室を待つ

扉がパッと開いてすたすた国王は入り口近
くの人から握手

一番に王は娘と握手するその次はわれ
汗どっと出る

練習の挨拶さして役立たず It's very nice to meet you ,Majesty.

会場に「ダンシングクィーン」アバの曲
国王の手よりメダルが夫に

晩餐会さる方の腕に手をかけて拍手の中を
階段下りる

宴始まるクラフォード賞の受賞者ら王妃の
テーブル王のテーブルへ

差し出された皿より自ら取り分ける国王ゆ
えの健康管理か

「私だけなにゆえサーヴされないのか」と
グスタフ国王お茶目なウィンク

ティタイムシルビア王妃の隣にと招かれ夫
とほのぼのした時

日本国際賞授賞式祝宴

祝宴に陛下に続き入場すフラッシュ、
シャッター音マスコミ席から

陛下より夫の名あげられ乾杯を日本国際賞
の祝宴

温かき両陛下よりのお言葉を受けて夫娘ら
と胸熱くする

もえぎ色のドレスで佇む美智子さまベール
まとわれ優しさあふれる

「リュウマチの人のためにありがとう」
皇后陛下夫をねぎらう

両陛下ながく手を振り退出さる総立ちで拍
手頭は下げず

夫との日々

アメリカで新婚生活始まりて夫はいつも
わがホームドクター

娘2人授かりてより40余年幾万回も笑顔
もらえり

研究の合間に5分で食べるため手作り弁当
いつでもどこでも

週6日ときに日に2個弁当を研究室にこも
る日続けば

愚痴弱音外では吐かず持ち帰り空気清浄機
回り続ける

夜10時　それからお風呂食事する夫に
次々一日（ひとひ）を報告

「さあ行こう」突然帰宅し子ら連れてデリ
カで出発朝には信州

実験の気晴らしに車走らせることもありた
り千里浜、鳥取

出勤する車が角を曲がるまで見届け祈る
45年を

30キロ車で通勤　車庫入れのエンジン音
にほっとする夜

30人研究室の新年会10年続いた我が家の
イベント

さあ今か　ソファの夫に話しかける「ダメ
今実験考えている」

「考え中」そんなプラカード上げといて
相談をするタイミング難し

眠れぬという夫のそば背や頭をさするわが
手はいつしか止まる

教授とは中小企業の社長なり若きらのため
研究費工面

40年これで最後と渡されし給与明細書
ありがたきかな

出かければ歩く速さの違いたり写す景色に
夫の背なあり

年ごとに心の容量増しゆく人　仕事の合間
に家族を気遣う

渾身の最終講義に花束受け拍手に包まれ
感謝の一礼

あと3年金婚式までお互いに元気でいよう
と約束をする

旅の歌

中国の色鮮やかな寺の壁べんがら色やから
し色など

寒山寺の音色よき鐘２つつく運河を行き交
う船に届くか

ゆったりと運河を次々運搬船上り下りする
蘇州の１日

黄昏て庭を舞台に昆劇の楽曲せりふにちち
ろも混じる

ちちろ鳴く蘇州の庭を舞台とし水面に映る
昆劇役者

蓮池に舟を浮かべて琵琶を弾く天女のごと
き留園の人

<ruby>北アメリカ</ruby>

機内にて日付変更線越える東経の表示ひょ
いと西経に

屋外のボストンコモンのスケート場子らは
シューズを持ちて並べり

クルーズ船自由の女神像通る時セリーヌ
ディオンの「ゴッドブレスオブアメリカ」

五番街群衆に混じりショッピングニュー
ヨーカーになりし心地す

ニューヨークを西へ向かえば眼下には地図
の通りに五大湖広がる

夜が更けてサンフランシスコに霧が降り
今日1日の思い出包む

ニューヨーク

ハノイ
古き寺にカンフー練習する子らをゆっくり
包むハノイの夕陽

店先の低き机で晩ご飯を冬の夜空にハノイ
の家族

2人乗りバイク湧くごと溢れたる帰宅を急
ぐハノイの夕暮れ

雲切れて空と海とが繋がったバルト海あた

りブルー広がる

オランダの海沿いを時速 150 キロ BMW

静かに走る

昼下がりフランス映画にあるような白い

レストラン北海の青

オランダのゴールのたびに沸きかえる

フローニンゲン学生の街

オランダのフローニンゲン大学の 400 年祭

街中で祝う

400 年の創立記念に世界から学長集いガウ

ン着て歩く

機窓より向日葵もろこし麦畑矩形にパッチ^{ウィーン}
ワークのごとし

朝の鐘ウィーンの街に鳴りわたり馬車王宮
へ石畳の道

少年の歌声ひびく礼拝堂ウィーンの日曜
静かに始まる

自転車もペットも共に地下鉄にウィーンの
人の暮らし大らか

「美しく青きドナウ」の船内に流れて
ヴァッハウ渓谷下る

三階は欧州で言う二階なり劇場の席にしば
し混乱

ウィーンフィルコンサートホールの人となり洗練されし音に酔いたり

ラデッキー行進曲に手拍子が一つとなりぬ楽友会館

街角で奏でる弦楽四重奏幼ら踊るウィーンの週末

ウィーンの目抜き通りに金色のペストの慰霊碑存在感あり

ほなみの歌

白桃のごとき乳房に小さき手を添えて幼は
一心にのむ

おなかすき泣く子を抱き上げほらほらと乳
やる人の乳房安らぐ

呼びかけに満面の笑み「さあ今だ」カメラ
向けるも笑む間短し

目の治療に泣き叫ぶ子をしっかりと押さえ
る娘は母の顔なり

みどりごは110日目に思い知るこの世に恐
きもののあること

眠たくて眠りに入れぬもわもわにイナバウ
アしてみどりごは泣く

初節句我が子に似たる人形を若き夫婦は
ネットで探す

みどりごの前歯一本顔を出し乳房ふくます
ママが見つける

絵本とは味わうものと知っているまずは
表紙の角をかじりて

ほーちゃんと呼べばぐいぐいずり這いで声
する方に近づいてくる

離乳食自分で食べたい幼子のスープはたち
まちフィンガーボールに

「ごっつんは」と問えばおでこを出してくる９ヶ月の子は手加減もせず

自転車のベビーシートにベルトして幼子すわるゆらゆらすやすや

自分からつかまり立ちの手を放し達成感をはじめて知る子

歩きたい気持ち先立つ幼子はママの手もって前のめりに行く

木のラッパおかしな音が楽しいかプープーベーポー鳴らしつづける

してほしいことある時にとんとんと２つ自分の胸をたたくよ

てのひらを人さし指でつんつんと叩くサイ
ンは「もっと」というらし

ベビーサインいくつかありておしゃべりの
できぬ幼と心通わす

ジングルベルロックにあわせ腰を振るサン
タ人形をまねて踊れり

玉持ちてパズルボックスの穴さがし入れて
はまた出す20数回

テーブルのカップ取らんと手を伸ばし幼の
つま先まっすぐになる

おっぱいはこれでおわりと諭されてくっと
こらえる1歳5ヶ月

ブランコを揺すれば世界広がれりあちこち指さし危うかりけり

寝ころべばすぐそばに来て「だいじょうぶ?」のぞき込みつつ小鈴の声で

幼子と「ばぁば」「はーい」をくり返す「ばぁば」に意味が幾つもあるらし

ちちろ鳴く空き地を通ればバギーの子歌い出す「こおろぎちろちろりん♪」

ほしくないしたくない時目をぎゅっと細めてイヤと意思表示する

三輪車買ってもらって幼子は乗ったり降りたり押したりまずは

ピッタリとはまる快感味わう子ジグソー
パズルのピース回して

ガブリエルがお気に入りなり正月を過ぎて
も家で天使を演じる

モデルからカメラマンに転向し２歳はカメ
ラを構えてはりきる

カメラ持ち明るい所にどうぞなど指示され
ている大人３人

流感でほお赤くしてプーフーと熱き息の子
代わってやりたし

お母さんおかえりといつも飛び出す子布団
で虚ろに母を眺める

「待っててね」母の一言大切にいじらしきまで守り続ける

二歳児も生まれてすぐの子の横に寝れば信じられない程の大きさ

泣くときはつらき時なり弟が泣けば一緒に顔をしかめる

沐浴の弟泣けばそばに来て「早くおわって」とママにお願い

御渡りの行列の中に天狗いて幼の眼に強く焼きつく

お祭りにゆかた着せればにこにこと鏡の前を行ったり来たり

保育所の二歳児クラスのかけっこはよーい
ドンして先生めざす

美容院写真屋まわって神社ではみんな疲れ
た秋の一日

境内に花嫁さんを見つけし子とことこ後追
う七五三詣り

かるた取りに負けそうになる三歳の目には
涙がどんどんあふれる

ラムネ菓子を中にしのばすポケットはすぐ
に泣きやむばぁばの魔法

三歳半大人の口まね楽しみて「わすれもの
ない？きをつけて」など

通夜の席僧の入室にハッとして一目散に幼
逃げ出す

今生の別れと火葬の戸が閉まり幼問いたり
「じぃじどこ行くの」

四歳に家族を思いやる気持ち芽生えし弟
入院事件

「おかあしゃんなにしてるかな」と問うて
くるばぁばの袖もち 10 分に一度

保育園に行くを嫌がりぐずる子ら「みんな
泣きたくなりました」

浴衣着て鏡の前でうっとりとポーズを決め
てうふふと笑う

発表会ツバメの子のごと口いっぱいあけて
体で歌うよほなみは

キラキラの硬貨ばかりのお年玉その重たさ
をよろこぶ五歳は

「マリアよおそれることはありません」
六歳の天使受胎告知す

二歳よりすべて覚えし降誕劇いま憧れの
ガブリエルになる

父さんには残り1個のケーキにすよく売れ
たのはおいしいからだと

幼子の「つ」「く」「ほ」「は」「よ」「と」
は鏡文字頭の中はいかなることや

病み上がり折り鶴折ってつるごっこ空を飛
んだり池泳いだり

「わ」と「れ」と「ね」「の」と「ぬ」と「め」
の字似ているよ1年生の発見うれし

せっせっせ幼とやわき手を合わせハイテン
ポにて無心に遊ぶ

盆の膳さげて供えるお茶のそば自分の菓子を添えてほなみは

運動会1年生のダンス曲きゃりーぱみゅぱみゅハイテンポなり

じじばばのいさかい聞きてほなみ言う「小さな親切大きなお世話ね」

二分の一成人式に歌う子ら「いのちの歌」に心揺さぶらる

早春賦歌いつつ自転車走らせば後ろのほなみ合いの手入れる

受験の子ネットで合格発表を画面の番号なでて確かむ

十二歳人生初の合格を電話で報告声はずま
せて

ペンライトや洋服買って待ちわびたコン
サート中止ほなみの落胆

台風でコンサート中止の知らせ受け中1の
夏グレーに変わる

りょうたの歌

大玉の西瓜をおなかに抱くごとくゆっくり
歩く臨月の人

予定日までカウントダウン待ちわぶも胎児
ゆっくり子宮を楽しむ

時満ちて母と胎児は息合わせ産道下りて今
生まれ出る

抱き上げていくらあやせどみどりごは軟口
蓋をふるわせて泣く

お食い初め九十五歳のひいばあが小石、
鯛、豆、次々赤子に

こぶし挙げこれは何かと見つめいる３ヶ月の子ソクラテスなり

ふとんの上ごろんごろんといつのまにか寝返り自在のりょうた５ヶ月

仰向けに飽きたかすぐに寝返って６ヶ月児は四つんばいになる

目の前のものをとらんと手を伸ばしずりっずりっと後ずさりする

手と足をつっぱりお尻を上げ下げし磁石あるごと進めぬ幼

つかまって立ち上がること覚えし子また新しき視界ににっこり

幼抱きバランスボールでゆらゆらと揺らせ
ばすとんと眠りの世界へ

寝つきし子をふとんに置きたり慎重にゆら
し続けて足からそっと

うーうっくん喃語の会話肩越しに炊事する
間をおんぶの母子

戸や本を開けたり閉めたりくり返す飽きる
ということ幼知らずか

意志が出て食べるも寝るも遊ぶのもイヤな
ら棒になりたる一歳

手づかみでうどんやおかずを次々とダイナ
ミックにりょうたは口へ

熱き子を抱きて体温計をはさむ止まれと念
ずも 40 度 2 分

携帯のメールは心強きもの刻々職場のママ
とやりとり

熱の子は仕事に出かけた母さんの玄関眺め
半日ぐずぐず

赤き顔の熱の子とともにママを待つ辺り暗
くなりテレビをつける

姉泣けばすぐ一歳の弟が近づき肩をそっと
とんとんす

保育所に迎えに行けば幼子が走って胸に飛
び込んでくる

二歳なるりょうたも姉のままごとに赤ちゃん兄さん犬役こなす

姉泣けば弟も泣き２人して「お母さんがいい」泣きたいばぁば

幼子にカメラ向ければこの頃は下向く横向く白目をむくよ

かぶと虫さなぎより孵り三歳は宝ものだと日がな見ている

かぶと虫のツノに憧れ三歳はポーズをまねて戦いごっこ

カブトムシクワガタの種類をすらすらと図鑑をりょうたは１日見てる

夜店にてもらいし金魚に名をつけた次の日
死にて幼ら泣きぬ

洋服に帽子にくつにも好みありまだ四歳の
男の子なれど

屋上に幼と寝ころび空見上げおいしそうな
雲つまんで食べる

六歳のりょうたと遊ぶも別世界妖怪恐竜
名前もむずかし

六歳はＮゲージの汽車走らせてただただ
回るをずっと見ている

卒園の子きりり頼もし半月後入学式には幼
く可愛い

「ただいま」と可愛い声で帰宅の子とびき
りの声で「おかえりなさい」

七歳と取組み表手にいっぱしの解説しあっ
て４時から相撲を

「わかった」や「無理」とう返事の孫たち
と「いいお返事隊」結成するよ

夏祭りの蛙カブトムシ3匹が10日後逃げ
て悲嘆のりょうた

姉は赤弟は白の応援歌風呂より聞こゆ庭に
はちちろ

引っ越してサンタクロースが本当に来るか
悩むよ七歳りょうたは

相撲大会ひょろっとのっぽが3位とり生食
パンの賞品もらう

浜寺の水練学校通いし子帰りに眠り終点ま
で行く

ナノブロックジグソーパズルも一番にむず
かしいのを子は買いたがる

リレーの子バトン持つ手は誇らしくぐんと
伸ばして次へとつなぐ

絵にサッカー水泳陸上少林寺 45 センチ
6 年で伸びる

会うたびに合わせる視線は上にいき壁の
身長計のめもり超え

「気をつけて」の声を背に受け少年は自転
車大きく立ちこぎでゆく

まさひろの歌

ボストンの娘のお産の手伝いに行く日近づき祈ること多し

夕食を一緒にどうぞというメール機内食控え空港に立つ

空港で嬰児の誕生告げられる２週早くも時整いて

異国にて出産という大仕事為し終え夫婦に安堵の笑顔

病院の食事はセルフオーダー制ラストオーダー残りはわずか

前日より食べず大仕事なし終えて若き2人
はパクパク食べる

飛行機で食べてきたから要らないと2人に
譲るアメリカ初日

アパートに私と荷物運ばれて婿殿すぐまた
病室に戻る

産後すぐ激しき頭痛に悩む娘に英語の説明
辛きものなり

5日目の嬰児はおっぱい吸う力未だ弱くて
疲れて眠るよ

みどりごのおっぱい排泄記録する若き2人
は阿吽の呼吸で

みどりごは 2750g 両てのひらに包むごと
抱く

みどりごはふにゃーんとあくびしすぐ後に
しゅわーんと縮まる変幻自在に

生れしよりまだ 10 日なれど若きらの会話
の九割まさひろのこと

みどりごは何度も何度もあくびしてこの世
の空気いっぱい吸うよ

ヒカップと嬰児のしゃっくり突然に小さく
高くかわいい声で

おっぱいがほしくて泣く子を抱きあげて
歌って聞かせるキラキラ星を

幼子をるるらるるらりん揺らしまするるら
るるらりんねむりの世界

腕に抱けば瞳そらさずまっすぐにまるで見
えるがに我を見つめる

眠いのに抱っこされてもぐずぐずと眠りの
世界に入る儀式か

沐浴のみどりご気持ちよさそうにカエルの
形でぽわーんと浮かぶ

寝て泣いておっぱい飲んで少し起き玉子一
個分日々重くなる

ボストンの幼の写真送られてほっぺをつつ
んとつつきたくなる

見つめ合いうっくんあっくん甘き声三月（みつき）の
子どもと時を忘れて

立つことがただ嬉しくて一歳は片手離して
得意げな顔

ひとつまた自分でできたと一歳は両の手
パチパチちらりママを見る

ニュートンの法則知らない幼子は何でも落
としてじっと下見る

一歳も男の子なればおもちゃなどひっぱる
たたく投げるつぶすよ

一歳はホースの水をつかみては変われる水
の形楽しむ

玄関を拭き掃除すればそばに来て小さき布
もち右に左に

幼倒れ救急車呼びおろおろす1時間にも思
える10分

心電図のモニター点滴線だらけ幼は5日
ベッドですごす

ことば遅き幼が5日の入院で覚えしことば
「いたい」「いやいや」

母親のお出かけバッグをしかと抱く置いて
いかれると察する二歳

やっとチョキできて幼は年も言え写真の
ポーズもピースで決める

いやいやとばかり言う子は異星人　行動
観察遠くからそっと

蝶々が花から花へ飛び回る幼は追うよかけ
て止まって

しゃべれずもただ聞き入りて理解するまさ
ひろの前で愚痴いけません

何にでも幼はすぐになりきれる我もいっ
しょに車や犬に

突然に大人の会話に「ほんとう？」と相づ
ち入れるまさひろ二歳

母親の車庫入れ稽古に同乗の二歳もトミカ
でバックの駐車

予定日まで安静言われ三歳もごろごろママ
のそばで絵本を

食事中に自分にわからぬ話題にはそでを
ひっぱり「おしゃべりしちゃだめ」

入園の小物作りに苦戦するママのミシンを
覗き込みおり

節分会声だけ大きく「おにはそと」あとず
さりして豆を打ちたり

着ぐるみの鬼人なつっこく近づけば升ごと
豆を子は投げつける

三歳はパパに負けじと赤ちゃんとママの
世話して行ったり来たり

「しゅうりもさママのてつだいもパパじょ
うず　だからぼくパパだいすきじゃない」

ぐりとぐらに２人でなりきりピクニック
絵本どおりのせりふを言って

「かあさんのてつだいもっとできるよう」
三歳の願い七夕まつり

「ただいま」と幼稚園より帰宅の子「ぼく
がいなくてさびしかった？」と

「サンタさんいまごろなにをしてるかな」
毎日毎日母さんに聞く

父さんにいいとこ見せんと四歳は張り切っ
ている日曜参観

四歳は「ほーうんほーうんほーたるこい
♪」休符を「うん」と歌って楽しむ

まさひろとぬいぐるみにてすもうする塩の
まきかたテレビをまねて

赤おには1本だけど青おには2本あるよと
ツノばかり見る子

友だちを100人作ると子は歌う入学を待つ
新しい靴

１年生は背中全部がランドセル　帽子とお
しりが歩いていくよ

一番の聞き手は３つの妹なり本読み宿題
「大きなかぶ」を

みずきの歌

時満ちて胎児はママと息合わせ狭き道より
この世に飛び出す

おしっことうんちを泣いて知らせてる生ま
れてすぐよりああヒトなるや

寝ていても大きなあくびのみどりごにつら
れてまどろむ白き春の日

みどりごの黒き瞳の中にいる見慣れぬ我の
まあるい笑顔

娘の子を腕に抱けば我が子かとDNAは摩
訶不思議なり

みどりごはおっぱい終わりてしゃっくりす
誰も何もしてあげられない

てのひらにお尻をのせておむつ替え4キロ
の命やわくあたたか

1ヶ月早出残業休みなし産後の手伝い娘の
家にて

鼻つまりママのおっぱい飲めないよ天気に
なあれ靴投げ占う

腹ばいにさせられ張り子の虎のごと首振る
みずき「うぇーん」と泣けり

泣きやまぬ幼を抱きてスーパーの袋カシャ
カシャ胎動再現

寝返りができそうでできぬ四月の子　宿の
ふとんでごろりと成功

四月の子何が起こったかきょとんとす視界
が天地ひっくり返って

寝返って腕つっぱってあたり見る５ヶ月の
子の視野ひろがれり

いつのまにかずり這いの子は玄関に留守番
ばぁばは目が離せない

小さき手で「いないいない」と顔隠し目を
つぶりて待つ「ばあ」が嬉しくて

「ごっつんは？」におでこをそっと出す
みずき「あいた」と言えば声立て笑う

はいはいより立っちが好きな10ヶ月児
11センチの靴が待ってる

歩きたい気持ち先立つ幼子はママの手もっ
て前のめりに行く

登ることただうれしくて一歳は机や階段下りるを知らず

ひな段の前に柵あり近づけぬ動物園のごとき初節句

１週間見ぬまに幼な歩き出す両手で調子をとりつつピタピタ

兄が歳を問われて横の妹は指一本立て話にはいる

もの言えぬも大人の言うこと理解する一歳の脳回りだしたり

クレヨンでマルが上手に描ける子はぐるぐるぐるぐる紙いっぱいに

母さんが声たて笑えば幼らもつられて笑う
真夏の宵に

プールサイド、ジャングルジムから一歳は
ママを信じて胸に飛び込む

二歳の子応援団の兄のまね本番すぎても
テンション高し

二歳児とビデオ電話でにらめっこ絵本や
ジャンケン子守させらる

楽しげに本読みやればけらけらと悲しげに
読めばしかめっつらの子

妹は五歳の兄の後を追い「ぼくもぼくも」
と真似ばかりして

兄の服を着ていたみずきはパジャマとか靴
までピンクピンクと言い出す

フリフリの洋服着せれば二歳の子鏡にとこ
とこポーズを作る

初めてのかさと長ぐつピンク色ぬれないよ
うにぬげないように

リモートで幼に絵本を読みやれば画面の向
こうでけらけら笑う

三歳が兄をまねつつひらがなを覚えてぽつ
ぽつ絵本読みだす

園のたんじょう会のたび四歳になる日待ち
わぶ3月生まれは

こころの歌

一番に言いたいことが言えなくてぴしぱし
音立て長夜に爪切る

嘘つきはいつ嘘つきと言われぬか　逆さに
着たシャツひっくり返す

暮れの秋喪中はがきがまた届きジグソーパ
ズルのピースが足りぬ

からっぽの心に言葉の棘刺さるなかなか抜
けず動けぬままに

怒りとはどこから湧くか納めどころわから
ぬ人はやたら水撒く

赦すとは思い出さずに言いもせずおのが記
憶から消すということ

雨に打たれ雨に染まらず「寛容」という
花言葉の白き紫陽花

うらやむとねたむに差があり根源の愛のベ
クトル方向異なる

カイロスとクロノスの時交叉する紀淡海峡
に夕陽が沈む

戦後子に日本が教えし民主主義反対意見を
自由に言うこと

ヒトラー後ドイツが選んだ教育は一人一人
がよく考えること

「挙げる手はピンと」「机には座るな」と
　５年１組相馬先生

「耐える力日々きたえよ」と森元先生　守
　りて今も坂道漕ぎきる

相談をゼミ卒業後も 40 年伊勢田先生肝っ
　玉かあさん

20 年整体治療に守られ来し豊悦に似たる
　坂口先生

幼きより古稀なる今も我が足のリハビリを
　米寿の武富先生

上手にはならねど夫と知り合った通って
　よかったバイオリン教室

東日本大震災

震災の報道に吐息多き日々沈丁花の香大きく吸い込む

三陸の海岸すべてに被災者のいると思えば地図見るはつらし

大地震と津波の襲いし大八洲桜また咲き鳥また帰る

古新聞を整理しおれば3・11被災者たちのいま日常は

松島の遊覧船の水脈つづくこの海にもまだ命眠るか

骨潤す
若き母市電道から30分歩いて通院ギプスの子を抱き

突然に痛くてしゃがめず八歳は日本で二例
目なる手術を受ける

父と母病室の壁塗り替えて造花を飾る初め
ての手術

ギプスの子と一歳の子の世話をする炊事場
つきの個室に母は

１ヶ月ギプスにはまれば痒くなりすきまに
割り箸母は入れくる

ギプス外す若き主治医は大胆に電気のこぎ
りの摩擦は熱し

反対の足も将来痛むとか今のうちにと父母
の決断

脊椎に半身麻酔の注射針を若き医師焦りやり直し続く

病室が足りぬとギプスで退院し友だち先生家はにぎやか

大縄で痛み走りしその日より学校生活また中断す

軟骨が減れば自宅で牽引と日光浴で骨できるを待つ

足先にレンガぶら下げ牽引を　母は校内図書室通い

股関節捻れて形成また手術阪大病院３度目の入院

「愛と死をみつめて」のみこと偶然に同じ
病棟１年違えど

何回も足の手術の子がいてもわが家に明る
き母の歌声

放課後のプールで術後のリハビリを武富先
生の手をもち歩く

友達は中学なれどもう一度６年生をと父母
は勧める

青春を女性コーラスで華やぐ日々立つこと
続き退部を決める

子育ての足に痛みが走りたり一歳を実家に
預けて手術

足の骨減ってしまえば人工にする他なしと
ぞ五十歳（ごじゅう）を前に

手術する決断これでよきものや今また迷う
振り子のごとく

6回の手術した足　半世紀の整形外科の歴
史とともに

信仰の歌
周りより心配性のラベル貼らる　真摯な祈
りを希望の神に

怖いとか痛い嫌だと母に言う幼子のごと
神に祈れり

希望なり　死の影の谷歩めども神に頼めば
我を離さず

創造主神のみ知りたる構造を解く人間よ
謙虚であれかし

神からの数多の糸にて動きたるマリオネッ
トのごとく生きんか

壮大な漏斗の中にイエスさまのいませば天
へと祈りとりなす

神の敷きしレールを自在に軽やかに走って
ゆきたし我どこまでも

「神為すは時に適いて美しき」聖句を刻み
日々を歩まん

試練には逃れの道を備えし神　心整えその
時を待つ

「神さまにすべてを委ね感謝せよ」我のすべては小さく弱い

揺籃にゆれいるごと主に委ね主に喜ばれる日々送りたし

太陽の光に輝く月のごと神に照らされ我は生きたし

起き上がりこぼしのおもりに信仰を得て倒れてもまた立ち上がる

跋　行動のひと　慈愛のひと

江戸　雪

『ゆだねる』は柳さえ子さんの短歌観がはっきりわかる歌集だ。

　まず横書き表記。これには驚いた読者も多いのではないだろうか。短歌は一行の詩としてページのなかに立っているものと私も思ってきた。けれど柳さんはそういう固定観念は持っていない。歌集は短歌を作らないひとにも親しみやすいものでありたいと言う。おそらく、ページにすっくりと立っている短歌より、力を抜いて横になっている詩として読者に差し出したいのだ。横書きにしたいという希望を柳さんが出してこられたとき、わたしはそう感じた。

　章立てもすっきりとしたものだ。冒頭は二〇二〇年から二〇二一年末の今もなお世界中を混乱に陥らせているコロナウイルスの章。その次は、記憶している戦後の日本の風景の章。その後は、父母。夫との生活と旅、そして子と孫の章。最後は自らの心の軌跡。どの歌も、克明に記録するように詠われている。柳さんの歌の特徴として数詞が多いのも記録するという意識が働いているからではないだろうか。

　記録、と書いてしまったけれど、それは残したいという願いと直結している。短歌にして残すことで、大切な人や時間を永遠という箱のなかに仕舞っておけるという信念がある。柳さんの歌を読んでいると、いつか玉手箱のように誰かが『ゆだねる』という箱を開けて、かつてこんなふうにひとと関わって生きた人間がいたのだと知って役立ててくれたらと願っているように感じる。だから柳さんの短歌は未来への手紙といってもいい。

この歌集に立ち現れるひとは、とにかく行動する。

　　タクシーで老父母と桜めぐり「さくらさくら」と歌う
　　いつつ
　　やっと春　車椅子の父を連れ出して「春がきた」など歌
　　いて散歩す
　　「シャボン玉」「おぼろ月夜」など２人して歌いて２日後
　　父は逝きたり

　父や母と本当によく声を合わせて歌っている。難しい歌で
はなく気軽に口ずさめるような歌。会話するより一緒に歌う
ことが何よりの励ましになると直感しての行動なのだろう。
多くの者は一緒に歌えば喜ぶだろうと思うことがあっても、
気恥ずかしさもあったりしてなかなかそれを行動にうつすこ
とはできない。しかし柳さんは、それが自然にできてしまう
生粋の〈行動のひと〉なのだ。

　　手を合わせ「有難う」とお辞儀する母の手を取り「こち
　　らこそ」という
　　ホーム出てあまりに月の美しく車椅子の父呼びに戻れり

　父母は老人介護施設に入ることとなった。一首目。面会へ
来てくれたことに手を合わせて感謝する母。すると感謝する
のはこちらのほうだという思いが湧き上がってくる。それを
直ちに行動にうつす。母が合わせている手を包んで「こちら

こそ」と声に出して応えるのだ。

　二首目。施設に父を置いて外に出ると月がとても美しい。この月を見せたら喜ぶだろうと考えるとすぐさま引き返して父を車椅子で連れ出し、ともに月を見上げる。

　このように、自らの喜怒哀楽よりも先に、目の前に居る、あるいは遠く離れたひとに思いを馳せて一生懸命に行動する。これほどまでに純粋な気持ちを持って行動するひとはそういないと思う。

　さらに、誰かに手を差し伸べたり力を貸すことによって、疲れるどころか生き生きとしてくるようでさえあるのだ。

　柳さえ子という名はペンネームだ。その由来を尋ねたことがある。

　「柳」は、しだれ柳で、葉を風に軽やかになびかせる姿が好きなのだそうだ。さえ子の「さえ」は冴えた月のイメージ。月は、太陽のように自ら光を放って輝くのではなく、太陽の光を跳ね返して輝いている。そんなふうに、誰かの光と関わることによって輝けるような生き方を望んでいるのだとおっしゃった。そのきっぱりとした人生観が印象的でよく覚えている。そして、こうして柳さんの歌をまとめて読んでみると、誰かのために行動している時こそ生き生きとしている作者像は、そんな柳さんの生き方あるいは人生観をみごとに映していることに気づく。

　　身をただし毎朝息子に「いってらっしゃい」　30年間日

課となせり

　姑はどんなときでも身支度をきちんとして息子を送り出していた。その姿に尊敬を覚え、共感もしている。さらにその姑の心を継ぐように、夫を支えようとする短歌もまた何の衒いもなく真っ直ぐだ。献身とはまた違う、喜びに満ちた愛情深い行動である。

　　病室で日本茶入れて夫に出す日常ややに戻りつつあり
　　愚痴弱音外では吐かず持ち帰り空気清浄機回り続ける
　　「考え中」そんなプラカード上げといて　相談をするタイミング難し

　夫は研究者である。昼夜を問わず研究に没頭する夫を気遣い、身体を心配している。二首目。外で気を張っているぶん、家に戻ったら疲れ切っている夫。なかなか気軽に声をかけたり接したりできない。「空気清浄機」は部屋の隅でじっと働いているもので、夫をそっと気遣う自分とどこか重ね合わせているように読んだ。三首目も、研究のアイデアが閃いているときに邪魔をしてはいけないから合図を出してほしいとお願いしている。こうした姿は控えめであるというより、誰かを助けることで自分が生かされるという信念によるものだと感じる読者も多いはずである。

　　大縄に入るタイミングみきわめるリモート会議に発言す

るも

校庭に子の声ぶつかり舞いあがり街ほどけゆく百日を経
て

街頭にためらいがちな青年の手から思わずもらったティ
ッシュ

「コロナ禍を詠む」の章から引いた。ここでも、相手や場
を気遣っている姿がみえる。

一首目。リモート会議で発言するタイミングをはかってい
る。場の雰囲気や司会者を気遣う心がそうさせているのだろ
う。二首目は、コロナウイルスの感染がすこし落ち着いた頃
の歌。近所の学校から子どもたちの声が聞こえたとき言いよ
うのない嬉しさがこみ上げてきている気持ちを「声ぶつかり
舞いあがり」「街ほどけゆく」という動詞に託している。

三首目はとても好きな歌だった。コロナウイルスの感染を
懸念して、広告ティッシュを配ることも憚られる世の中とな
ってしまった。それでも仕事だからとティッシュを配ってい
る青年が居る。その様子に断ることもできず受け取ってしま
った、という場面だろう。ここに作者の相手を思い遣る心が
ある。

父さんには残り1個のケーキにすよく売れたのはおいし
いからだと

「気をつけて」の声を背に受け少年は自転車大きく立ち
こぎでゆく

「しゅうりもさママのてつだいもパパじょうず　だから
ぼくパパだいすきじゃない」
　クレヨンでマルが上手に描ける子はぐるぐるぐるぐる紙
いっぱいに

　歌集の半分近くを占める孫たちの歌。そのおおらかな詠い
ぶりについて語ると紙幅がいくらあっても足らないので控え
るが、とても楽しく読んだ。四人の孫たちには当然のことな
がら個性があり、それを見落とさないように見つめている視
線にのせられて、こちらも嬉しくなってくるのだ。気取らな
い言葉をやさしく重ねることによって、こんなにも心地よく
胸に沈んでいく世界が描けるのだと気づかせてもらった。
　また、孫の背後にはかならず娘やその夫が居る。孫を詠い
ながら、がんばって働いて子育てをしている娘らへの思いが
あることも見逃したくない。

　何回も足の手術の子がいてもわが家に明るき母の歌声
　6回の手術した足　半世紀の整形外科の歴史とともに

　最後の「こころの歌」の章には、人生で出会ったひとたち
を思い出す短歌が並ぶ。誰かと関わり心を交流させることで、
豊かになった人生だったのだと再認識している。
　さらに、人生の岐路に何度も立たされることとなった足の
病の短歌も柳さんらしく感謝の気持に溢れている。辛く淋
しい思いもしたはずなのに悲嘆にくれた歌はない。一首目。

足の手術を繰り返す子を持った母への申し訳ない気持ちと、決して落ち込まずにいてくれたことへの感謝と尊敬が滲んでいる。

　　「神為すは時に適いて美しき」聖句を刻み日々を歩まん
　　起き上がりこぼしのおもりに信仰を得て倒れてもまた立
　　ち上がる

　最後に信仰の歌をあげる。ここでは、前向きに行動していこうとする姿に美しさが加わっているようだ。等身大の言葉に込められている希望と感謝がひしひしと伝わってくる。これからも柳さんは慈愛あふれる力でもって行動していくのだろう。さえざえとした月に照らされ葉を揺らす柳の木のように。
　この歌集『ゆだねる』が多くの人に読んでもらえることを願っている。

あとがき

　新型コロナウイルスの出現で世界が大きく変わってしまった。ペスト、スペイン風邪が歴史教科書上のものではなくなった。第二次世界大戦前と後という区別より、これからはコロナ前と後という捉え方になるだろう。まだコロナとの闘いは終わっていないが、これまでのことを記録しておきたいと歌を詠んだ。

　人工関節置換の闘病短歌を中心とした『骨潤す　月光る』の歌集を出版して15年の歳月が流れた。周りの人も変わった。父母姑を次々見送り、娘2人はよきパートナーに巡りあって各々2人の子どもを授かり私は4人のばぁばとなった。また夫は人間ドックで見つけてもらった肺癌の手術後順調に回復しありがたいことに再発もなく次々要職をこなしてきた。あと3年で金婚式を迎えるが夫とともに過ごした日々の重みを感じている。

　私自身古稀を迎え、今まで繋がってきた人たちのことをしみじみと思い返してみた。覚えている名字の人を書き出してみると約1000人。そのうち学校の先生が100人余、診ていただいたお医者さんが50人程、牧師先生が15人だった。青春をともにした友人らと今またオンラインでつながっている。なんと多くの人に教えていただき治療していただき支え励まし祈ってもらって今日の私があるのだろう。それら一つ

一つの繋がりに温かい気持ちになる。

　また日本語教師となって 25 年。M 日本語学校、清教学園高校への交換留学生の個人指導、地域のボランティア日本語教室を通して母語が日本語でない人たち 500 人程との出会いがあった。世界にはいろいろな生活、考えの人がいることを知り世界が広がった。

　小学校 5 年生の時、正門前の文具屋さんで数匹の蚕と桑の葉を買ったことがある。蚕は 3 齢くらい。すべすべの幼虫でただひたすら頭（顔）を上下に動かして桑の葉を食べていた。毎日新しい桑の葉を買いに行った。みるまに蚕は太って大きくなり、ある日突然繭を作り始めた。体をそらし糸を口から出して上手に白い楕円の球体の繭玉を作り自分は中に入ってしまった。真っ白で小さくて硬くて軽い、繭の感触は今も手に残っている。何日か経ってその真っ白な繭から茶色の液が滲み穴があき中から蛾が出てくるのを手品でも見るかのような面持ちで見守った。やがて交尾して雌は用意した画用紙の上にびっしりすきまなく卵を生みつけていった。

　その卵はまた小さく白い粒で美しかった。

　　　ひたすらにただ桑の葉を食む蚕光る糸出し白き繭へと

　短歌もこのようにできていくのだと思う。

　毎日一生懸命に生きているその日々は、葉を食べて体に言葉をたくわえる。そこから糸を吐き出し形あるものに変えて

いく。できた短歌の中には外からは見えないが私が入っている。そう、短歌を作らなければ、葉を食べておわってしまう。でも糸を吐き出し歌を詠むことで形として残り、自分の心の中に変化がおこる。その多くは　自分の心を整える作業であったように思う。

　そして出来た繭玉から読み手の方々が自由に糸を引っ張り出して生糸から絹糸へとしてそれぞれに使ってくだされば嬉しいことである。

　日本にはご縁という言葉がある。袖振り合うも多生の縁ともいう。だがそれらの繋がりはすべて神さまの壮大なご計画の中の一つ一つだと思っている。すべてに時があり、その時は最善をなさる神さまの決められた時である。

　70年を振り返れば辛いこともたくさんあったがその何倍もの恵みを受けてきた。

　残されている日々を渡辺和子さんの言葉「今日が一番若い日」を忘れずに小さなことに感謝して生きていきたい。

　ゆだねるとは「すっかりまかせること」と辞書にある。これから何年生きるかわからないが、神さまに委ねていきたいと思う。

　そのことから歌集の題を「ゆだねる」とした。2006年から2021年の16年の歳月で詠んだ歌の中から545首をまとめた。

　私の短歌は日々のできごとを記録する日記のようでもあり、その時の気持ちを誰かに聞いてもらいたくて書く手紙のようでもある。これからも折に触れ31文字の短歌に残していき

たいと思う。

　今回出版を迷っていた私の背中を押してくださり、ご多用の中、多くのご助言くださいました江戸雪さんに感謝し厚くお礼申し上げます。江戸雪さんは俵万智さん、河野裕子さん、永田和宏さんと並んで好きな歌人の方なので跋文もいただき本当に光栄です。ありがとうございました。

　青磁社の永田淳氏には大変お世話になり、また私の希望の形で出版していただきまして本当にありがとうございました。いつも歌会でご意見くださいます塔の会員の皆さまありがとうございます。

　ともに祈り支え合うことのできる信仰の友にも感謝いたします。そしていつも支えてくれている家族、また多くの友人、地域の皆さま、いつも暖かい交わりをありがとうございます。たくさんの繋がりに幸せを感じています。

　世界のコロナ禍にあってこれ以上の犠牲者をださずに収束するように。またこれからも起こるかもしれないパンデミックにもきちんと対応できるように切望します。そして何より、戦争のない平和な世界を心から祈ります。

2021 年 11 月

柳　さえ子

著者略歴

柳さえ子（やなぎさえこ）本名 平野千代子（旧姓小柳）

1951 年　大阪市内に生まれる
現在、大阪市在住
東粉浜小学校、住吉中学校、天王寺高等学校、
津田塾大学卒業
日本語教師
短歌結社塔会員（2010 年入会）
浜寺聖書教会会員
聖句書道センター会員

9891okeas623iganay@gmail.com

歌集　ゆだねる

2021 年 12 月 25 日初版発行

著者：柳さえ子

発行者：永田淳

発行所：青磁社

〒 603-8045 京都市北区上賀茂豊田町 40-1

電話　075-705-2838　振替 00940-2-124224

装幀：仁井谷伴子

印刷・製本：創栄図書印刷

定価：2000 円（税別）